CRISTIAN ȘERBAN
AF365508
Croitorul și șoricelul
și alte povestiri cu tâlc

Vulpea și bursucul

În vremurile de demult, vulpea și bursucul erau prieteni. Colindau împreună pădurile, se ajutau reciproc și împărțeau hrana. Într-o zi, cei doi prieteni au găsit pe malul unui lac o plasă plină cu pește proaspăt, lăsată probabil, acolo, de un pescar grăbit.

Vulpea și bursucul nu-și mai încăpeau în piele de bucurie. Au împărțit peștele frățește și, fiindcă se apropia seara, au mers fiecare către vizuina proprie. Curând s-a lăsat noaptea, iar vulpea nu avea somn. Se tot foia fără să adoarmă și, deodată, îi încolți un gând:

- Eh, peștele acesta o să-mi ajungă așa, vreo trei săptămâni, dar apoi trece toamna și ce mă fac? Dacă vine iarna și nu am ce să mănânc?

Astfel, știind că bursucul doarme dus la acea oră, vulpea și-a luat o desagă și s-a dus întins spre vizuina ,,prietenului". Dibui unde a pus bursucul peștele, umplu desaga și dădu să plece. Numai că simți un miros deosebit. Chiar lângă nasul bursucului, care dormea adânc, se aflau trei pești fripți care miroseau îmbietor. Vulpea îi luă și pe aceia și, răpusă de lăcomie, a început să înfulece peștii fripți, acolo, pe loc. Numai că, la un moment dat, o bucată mare de pește i s-a înțepenit în gât. Simțind că se îneacă cu bucata de pește, hoața

a lăsat şi desagă şi tot şi, de frica sfârşitului, a început să scoată tot felul de sunete. Atunci s-a trezit bursucul şi i-a sărit vulpii în ajutor, salvând-o din primejdie.

De această ce şi-a revenit, vulpea a început să inventeze tot felul de scuze pentru comportamentul ei. Bursucul însă a înţeles că prietenia cu omul şiret, hoţ şi lacom nu e deloc prietenie. De atunci, vulpea şi bursucul nu mai sunt prieteni, iar vulpea a devenit cunoscută în toată pădurea pentru viclenia şi necinstea ei.

Aceasta este soarta celor lacomi de câştig; lăcomia le aduce pierderea vieţii (Pilde 1,19).

Oaia cea isteață
și câinele invidios

Un cioban, având treburi multe într-o altă localitate, a lăsat, pentru câteva zile, conducerea treburilor stânei unei oi istețe. Această oaie preluă, cu bucurie, sarcina dată de stăpân. La început, toate oile ascultau ordinele ei cu sfințenie. Ea a avut grijă ca oile să nu se risipească, să ajungă la timp în locurile pentru păscut, să ajungă în staul, la apusul soarelui și tot așa.

Numai că, după scurtă vreme, sub înrâurirea unui câine mai flecar, care trăia și el la stână, lucrurile au început să se schimbe. Câinele era extrem de invidios, deoarece considera că el trebuia să fie numit căpetenia turmei în lipsa ciobanului. Și iată că, repede, s-a ivit ocazia să o înlăture pe oaia cea isteață. Mergând în satul din apropiere, câinele cârtitor a aflat o noutate pe care a transmis-o oilor:

- Ehei, suratelor, am vești minunate pentru voi. Am dat o raită prin sat și am aflat că zilele acestea au venit vânătorii și s-au ocupat de capturarea lupilor din pădure. Prin urmare, de acum sunteți libere. Nu știu ce tot ascultați de o oaie, că doar e tot ca voi!?

Atunci, oile au izgonit-o pe oaia cea isteață și s-au împrăștiat care încotro. Câinele era fericit știind că oaia nu mai este căpetenie și se tot înfoia și se gudura, dorind să arate că el este șef. Numai că oile nu îl ascultau deloc. Au ieșit din staul și umblau nestingherite prin poieni, prin pădure, pe unde aveau chef.

Dar ce să vezi!?...După câteva zile, din adâncul pădurii s-a auzit, dintr-o dată, urlet de lupi. Câinele a auzit și el urletul și a început să latre, să urle și să se agite cu gândul de a chema la stână oile pe care tot el le împrăștiase. De frica lupilor, oile au luat-o la sănătoasa spre stână. În staul s-a creat o învălmășeală de nedescris. Nimeni nu știa cum de au apărut din nou lupi în pădure. Atunci apăru oaia cea isteață, care fusese plecată în sat pentru a afla adevărul despre misterioasa dispariție a lupilor, și le spuse:

- Ehei, suratelor, acum am și eu noutăți pentru voi. Dar poate că ar fi fost bine să nu mă mai întorc, ci să vă las mâncate de lupi, ca să pot râde apoi de pieirea voastră. Dar până când veți iubi prostia? Până când veți iubi neștiința?

Câinele cel invidios ar fi vrut să spună ceva, dar îi era rușine, fiindcă știa că a primejduit viața oilor. Astfel că se retrase, cu coada între picioare, în cotețul lui.

Oaia cea isteață se adresă din nou suratelor:

- Voi ați disprețuit sfaturile mele, grija și cercetarea mea. Dar pentru că vă iubesc, ca pe niște surori, m-am întors să vă spun ce am aflat în sat. Într-adevăr, vânătorii au mutat lupii din pădure. Dar au făcut aceasta, numai pentru puțină vreme, pentru un control medical. Apoi, lupii cei sănătoși și tineri au fost readuși în pădure.

Este ușor de înțeles că oilor le-a lipsit cu totul mintea și cu îndărătnicie au ascultat de câinele invidios. Cel nesăbuit și care nu cugetă, dacă se lasă îndrumat de cineva tot nesăbuit și care nu cugetă, poate să plătească amar cu însăși viața sa.

Fiindcă n-au luat aminte la sfaturile mele și cercetarea mea au disprețuit-o, mânca-vor din rodul căii lor și de sfaturile lor sătura-se-vor, căci îndărătnicia omoară pe cei proști și nepăsarea pierde pe cei fără minte (Pilde 1,30-32).

Leul şi popândăul

Într-o zi, leul prinse un popândău. Puse una dintre labele sale uriaşe pe el şi începu să-l adulmece, zicându-şi că popândăul va fi aşa, un fel de desert, pentru că tocmai mâncase. Leul mai mult se juca plictisit cu prada sa, astfel că popândăul prinse curaj şi spuse:

- Te rog, cruţă-mi viaţa şi nu mă mânca! Dacă mă laşi viu şi eu am să te ajut cândva. E suficient să mă chemi...

Leul se semeţi şi râse cu superioritate:

- Hei! Cum să primesc eu ajutor de la o fiinţă aşa mică, săracă şi plăpândă ca tine?...Dar ştii ce!? Totuşi îţi dau drumul, dar te avertizez că, a doua oară, nu mă mai păcăleşti.

Bucuros că a scăpat cu viaţă, popândăul a fugit degrabă spre adăpostul lui.

La scurtă vreme, leul, nefiind atent, a căzut într-o capcană, într-o groapă adâncă săpată de vânători. Leul s-a tot zbătut şi a încercat să iasă din groapă, dar în zadar. S-a aşezat pe fundul gropii, epuizat, aşteptându-şi sfârşitul. După puţin timp, şi-a adus aminte de popândău şi l-a strigat. Acesta apăru şi, văzând care este problema leului, a fluierat o dată scurt. O armată de popândăi a răsărit atunci ca din pământ. Animăluţele au săpat şi au făcut rapid un fel de trepte, pe care leul, urcând, a reuşit să iasă din groapă.

De atunci, leul nu a mai desconsiderat animalele mici, înțelegând că unele dintre acestea au daruri de la Creatorul, pe care el nu le are.

Mai bună este înțelepciunea decât puterea; dar înțelepciunea celui sărac este urgisită, și cuvintele lui nu sunt luate în seamă (Ecclesiastul 9,16); Dacă te arăți slab în ziua strâmtorării, puterea ta nu este decât slăbiciune (Pilde 24,10).

Hiena şi bufniţa

Observând că leul este din ce în ce mai neputincios, din cauza bătrâneţii, hiena l-a provocat la luptă. Această confruntare s-a desfăşurat într-o poiană întinsă, în prezenţa tuturor animalelor. Hiena a fost destul de grav rănită la începutul luptei, dar apoi, profitând de agilitate, de vigoare şi de şiretenie, l-a învins pe leu. Imediat, aceasta a început să strige:

- Gata! S-a zis cu regele vostru! De acum eu vă sunt căpetenie. Mie să vă plecaţi!

Animalele s-au împrăştiat care încotro, văzându-şi de treburile lor.

Hiena, autoproclamată regină peste animale, umbla, de colo-colo, umflându-şi pieptul. Dar ce să vezi!? Nici măcar cele mai mici dintre animale nu se plecau la vederea ei. Ea reuşise să instaureze un pic de frică, dar nu reuşise să-şi impună şi autoritatea. După câteva zile, săturându-se să fie desconsiderată, hiena se duse la bufniţă, care era recunoscută pentru înţelepciunea ei.

Hiena zise:

- Tu ce crezi? L-am învins pe leu, dar lumea nu-mi recunoaște superioritatea. Care să fie cauza?

Bufnița spuse atunci:

- Ei, poate nu știi! Conducerile și dregătoriile sunt puse de Creatorul nostru, de Tatăl ceresc. Dar poate nu poți înțelege aceasta, așa că îți spun mai simplu. Unui rege îi este necesară puterea, însă lui îi mai trebuie și alte daruri, cum ar fi: mintea, dreptatea, buna cugetare, înțelepciunea, demnitatea. Ori tu ai puterea, dar, să-mi ierți sinceritatea, toate celelalte îți lipsesc. De aceea, animalele consideră că tot leul este rege, orice ai face tu.

Hiena s-a supărat foc auzind toate acestea. A plecat din pădure și, de atunci, trăiește mai mult prin pustietăți și se hrănește cu hoituri.

Leul, viteazul printre dobitoace, care nu dă înapoi în fața nimănui (Pilde 30,30); Groaza pe care o insuflă regele este ca răcnetul leului; cel ce îl întărâtă păcătuiește împotriva sa însuși (Pilde 20,2).

Corbul şi vulpea

În vremurile de demult, corbul nu avea glasul pe care îl foloseşte în vremurile noastre. Toate păsările puteau fi recunoscute, în vechime, după sunetele pe care le scoteau, numai pe corb nu-l puteai deosebi.

Într-o zi, corbul se afla pe o ramură groasă din apropierea scorburii în care locuia şi, de acolo, îşi scoase o bucată mare de peşte, dorind să o mănânce. Tocmai când să ia prima înghiţitură, apăru vulpea. Se uită corbul la ea şi văzu că săraca arăta foarte rău, era slăbită din cale afară, abia de se ţinea pe picioare.

Vulpea spuse:

- Fie-ţi milă! Dă-mi mie bucata ta de peşte, că nu mai pot! Viaţa mea este pe sfârşite! Te rog, sunt moartă de foame!

Corbului i se făcu milă şi spuse:

- Dacă îţi dau peştele, tu ce-mi dai în schimb?

Vulpea căpătă curaj şi spuse cu glas ferm:

- Ei, uite, primăvara nu este departe. Când se va dezgheţa lacul, promit să îţi aduc, aici, câte un peşte în fiecare zi!

Încântat de această învoială, corbul dădu drumul bucăţii de peşte. Vulpea a mâncat peştele dintr-o înghiţitură şi dusă a fost.

Iată că veni şi primăvara şi corbul se duse să inspecteze lacul. Gheaţa făcea zgomot: crrr, crrr..., semn că se dezgheţa întreaga natură. Şi s-a dus pasărea să caute vulpea, ca să îi amintească de învoială.

Vulpea era de acum întremată şi vioaie, chiar se îngrăşase deoarece, venind primăvara, avea mâncare din belşug. Astfel că pe corb nu-l băgă deloc în seamă, deşi acesta o căuta şi striga aşa:

- Hei, cumătră, lacul crapă: crrr, crrr... Unde este peştele meu?

Dar vulpea, nimic. Tăcea chitic. Apoi, corbul a căutat vulpea şi a doua şi a treia şi a patra oară, strigând la fel:

- Lacul crapă: crr, crrr... Unde e peștele promis?

Vulpea să prefăcea că nu aude și că nu-l cunoaște, astfel că bietul corb și-a dat seama că a fost păcălit amarnic. După atâta umilință, pasărea nu a mai răbdat și s-a mutat în adâncul pădurii, dorind să trăiască în singurătate. Tot de atunci, corbul face întruna: crrr, crrr... Astfel că, în zilele noastre, după sunetul acesta îl putem deosebi de celelalte păsări.

Precum sunt norii și vântul fără ploaie, așa este omul care se laudă cu darul pe care niciodată nu-l dă (Pilde 25,14).

Croitorul și șoricelul

Într-un ținut nu foarte bogat, trăia un croitor care nu prea avea de lucru, astfel că era mai mult lipit de sărăcie decât de bunăstare. Numai că, într-o zi, l-a angajat pe cumătrul șoricel și, de atunci, ,,afacerile" au început să-i meargă din ce în ce mai bine. El croia haine pentru unul, pentru altul, iar după aceea trimitea șoricelul la casa respectivului, noaptea, hoțește. Pentru o bucată mare de cașcaval pe lună, șoricelul făcea o treabă ,,de milioane". Oamenii se trezeau cu hainele noi, roase și distruse, astfel că, a doua zi, veneau să comande altele la croitorul nostru, talentat în ale ,,negustoriei".

Uite așa, o haină roasă azi, una mâine, croitorul începu să strângă bani și avere peste noapte; lucru pe care l-a observat și un dregător al regelui. Acesta a pățit și el la fel ca ceilalți. A comandat o haină la croitor și, dimineața, a găsit-o roasă și deteriorată iremediabil.

Simțind că este ceva necurat, dregătorul a comandat o haină nouă la croitor, a ridicat-o personal, apoi s-a așezat nopțile, la pândă, în camera unde ținea hainele. Astfel că, într-una dintre nopți, a prins șoricelul asupra faptului rozând de zor. El i-a spus:

- Știi că eu sunt un dregător al regelui. Dacă nu-mi spui ce este cu ,,trucul" acesta, cu rosul hainelor, să știi că pot obține un ordin pentru distrugerea întregului neam șoricesc.

Șoricelul s-a speriat atunci și a mărturisit că era trimis de croitor să roadă hainele, iar dregătorul i-a zis:

- Știi ce, de acum vreau să fii ,,angajatul" meu! Uite, îți dau trei roți de cașcaval pe lună, nu una, e bine?

Șoricelul încuviință și, la scurtă vreme, dregătorul i-a făcut o nouă vizită croitorului. Plin de jovialitate, demnitarul i-a spus:

- Domnule croitor, am vești extraordinare. Regele, în persoană, m-a trimis la dumneata să comand un rând de haine împărătești pentru o mare festivitate care va avea loc la palat. De asemenea, regele dorește și un rând de haine pentru toți curtenii de vază.

Croitorul nu își mai încăpu în piele de bucurie. Puse la bătaie toată agoniseala lui pentru a cumpăra stofe scumpe și firet de aur, gândind că oricum va scoate triplu banii investiți. Când hainele împăratului şi ale curtenilor au fost gata, a dat de veste demnitarului să vină să le ridice a doua zi, fiindcă aşa fusese învoiala. Dregătorul l-a chemat la el pe şoricel şi i-a dat ordin să roadă, peste noapte, toate hainele pe care le găseşte în casa croitorului.

Trezindu-se, dis-de-dimineaţă, croitorul a descoperit că toată munca lui se dusese de râpă. Plânse de furie şi, mânios fiind, ar fi vrut să se răzbune. Dar, după ce cugetă un pic, îşi dădu seama că de fapt nu s-a întâmplat nimic deosebit, ci s-a aşternut dreptatea. Venindu-şi în fire, cu darul lui Dumnezeu, a înţeles că este urât să facă altora ceea ce lui nu i-ar plăcea să i se facă.

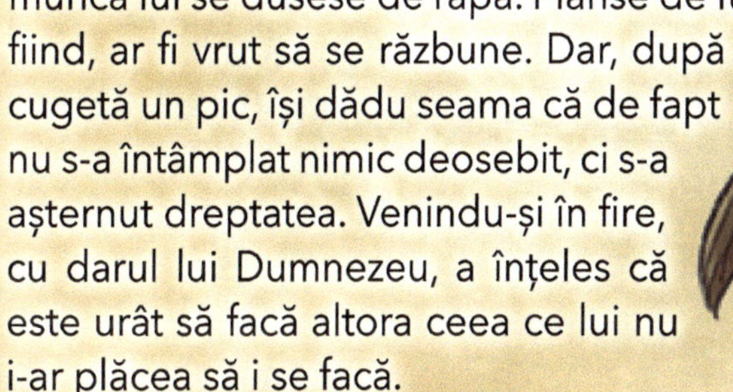

Şase sunt lucrurile pe care le urăşte Domnul, ba chiar şapte de care se scârbeşte cugetul Său: ochii mândri, limba mincinoasă, mâinile care varsă sânge nevinovat, inima care plănuieşte gânduri viclene, picioare grabnice să alerge spre rău, martorul mincinos care spune minciuni şi cel care seamănă vrajbă între fraţi (Pilde 6,16-19).

Măgarul care se credea cocoş

Într-o zi, animalele s-au întâlnit într-o poiană întinsă din pădure pentru o şezătoare. Fiecare animal spunea fie o poveste scurtă, fie o fabulă, o glumă, o ghicitoare şi tot aşa. Această întâlnire era o adevărată sărbătoare în regnul animal.

Când veni rândul leului, acesta spuse următoarea ghicitoare:

Rege nu sunt,

Dar coroană port firesc.

Ceas nu am,

Dar orele le vestesc.

- Ce este? întrebă leul.

Mai multe animale au răspuns: ,,Cocoşul". După ce a primit răspunsul aşteptat, leul l-a lăudat din cale afară pe cocoş, care se afla şi el în adunare. Regele animalelor le-a amintit celor prezenţi că fără cântatul cocoşului s-ar putea pierde reperele zilei, pe care îndrăgitul cocoş le punctează, de obicei, cu celebrul său ,,cucurigu".

Măgarul, care se afla şi el la şezătoare, căpătă, pe loc, o invidie de nedescris, înfuriindu-se din cale afară. Îşi spunea: ,,Dar ce!? Eu nu pot să vestesc ceasurile? Uite, o să vedeţi că pot!".

Şi începu măgarul să se ţină scai după cocoş. Când cocoşul cânta, începea şi el să ragă din toţi rărunchii, ca să se audă în toată pădurea: ,,I-haaa, i-haaa". Cam aşa se văita măgarul, de împuiase capul tuturor animalelor din preajmă.

Despre acest nou obicei al măgarului, află şi leul, care îl chemă la el.

- Am auzit că tulburi liniştea nopţii şi cântecul cocoşului cu răgetele tale. De ce vrei să pară că eşti ceea ce nu eşti? Lasă cocoşul să fie cocoş şi tu fii măgar în continuare!

- Şi dacă nu ascult, ce se va întâmpla? replică măgarul cu încăpăţânare.

Leul răspunse:

- Se vede că răget puternic ai, dar minte foarte slabă. Te-ai gândit vreodată că, atunci când mergi noaptea prin pădure, atragi şi animalele de pradă? Cocoşul poate sta noaptea unde vrea, fiindcă este agil şi se poate căţăra în copaci. Dar tu eşti şi lent şi leneş. Chiar vrei să te mănânce alte animale ?

Măgarul nu răspunse nimic; înghiţi în sec şi îşi dădu seama că misiunea lui de ,,cocoş'' s-a încheiat odată pentru totdeauna.

Trei fiinţe au înfăţişare frumoasă, ba patru, care au un mers măreţ: Leul, viteazul printre dobitoace, care nu dă înapoi în faţa nimănui; Cocoşul cel ager, ţapul şi regele căruia nimeni nu-i poate sta împotrivă (Pilde 30,29-31).

Ariciul și puii de vulpe

Într-o zi, ariciul, fiind din fire mai miop, intră, din greșeală, în vizuina vulpii. Aici, dădu peste trei pui de vulpe foarte mici. Ariciul cel jucăuș a zăbovit un pic, dorind să se joace cu micuții. Numai că, la scurt timp, a apărut și ursul pe acolo. Acesta era lihnit de foame și, la o adică, nu i-ar fi displăcut niscai pui de vulpe. Așa că uriașul începu să cotrobăiască prin vizuina vulpii, așa pe nevăzute, deoarece intrarea în vizuină era foarte îngustă. Numai că, în loc să apuce un pui de vulpe, ursul dădu peste țepii ariciului. Înțepându-se zdravăn, Moș Martin a luat-o la sănătoasa.

La scurtă vreme, a venit și vulpea, care, constatând că în vizuina ei se află ariciul, s-a hotărât, pe loc, să-i facă de petrecanie. L-a scos pe arici afară și a dat să-l sfâșie, numai că ariciul s-a făcut ghem. Sătulă să plimbe ghemul de ace de colo colo prin frunziş, până la urmă, vulpea a renunţat şi l-a lăsat pe arici în pace.

Apoi, s-a întors în vizuină, unde o aşteptau puii. Aceştia i-au povestit despre vizita ursului şi despre fapta bună a ariciului care i-a apărat cu preţul vieţii.

Vulpea ar fi vrut să facă un gest, să iasă, să-i mulţumească ariciului, dar nu catadicsi să iasă din vizuină, fiind prea mândră de fel. Oricum ariciul plecase spre adăpostul lui înţelegând că după o faptă bună nu urmează neapărat răsplata, ci dimpotrivă. Ţeposul a mai înţeles că în viaţă este necesar să te fereşti de cei răi şi nerecunoscători.

Nu apuca pe calea celor fără de lege şi nu păşi pe drumul celor răi. Ocoleşte-o şi nu merge pe ea, treci pe alăturea şi du-te mai departe; Căci ei nu dorm până nu făptuiesc rău şi nu-i mai prinde somnul până nu fac pe cineva să cadă (Pilde 4,14-16).

Călătorii și platanul

Erau odată doi călători care traversau un ținut secetos. Nu mai aveau apă să bea și ar fi dat orice din lumea aceasta pentru ceva care să le astâmpere setea. Unul dintre călători era mai înțelept și credincios, iar celălalt mai necunoscător și mai puțin credincios. Cei doi au găsit o fântână construită sub un platan uriaș. Au băut apă, s-au odihnit la umbra copacului, au mâncat ceva și astfel au căpătat puteri.

Cum stăteau ei acolo odihnindu-se, bărbatul mai puțin credincios începu să filosofeze:

- Eu cred că Dumnezeu a greşit cu ceva. Cum să faci un copac aşa falnic, precum acest platan, şi să îl laşi să facă fructe aşa mici, aproape inutile?

Celălalt a răspuns:

- Prietene, eu cred că tu greşeşti, nu Dumnezeu. Tot ce vezi şi ne înconjoară este făcut cu multă înţelepciune. Toate au un rost. Toate au o rânduială. Şi este firesc să fie aşa, deoarece motivul pentru care Creatorul a făcut toate acestea este marea sa iubire pentru întreaga creatură.

La o adiere de vânt, câteva fructe ale platanului se desprinseră, iar un fruct îl lovi pe bărbatul necunoscător, fix în cap.

Bărbatul credincios spuse atunci:

- Ei bine, dacă era un fruct acolo mai mare, de exemplu o nucă de cocos, nu crezi că-ţi spărgea capul?

Şi continuă:

- Totul e creat de Dumnezeu în armonie. Copacii înalţi au fructe mici, iar dacă există şi copaci cu fructe mai mari, acelea nu sunt căzătoare. Sunt bine înfipte în ramuri şi de abia le poţi smulge. Pe de altă parte, copacii mici au fructe mari, pentru ca omul să le culeagă uşor şi să se bucure de ele.

De atunci, călătorul cel neştiutor nu a mai îndrăznit să judece vreodată cele făcute de mâna proniatoare a lui Dumnezeu.

Toate sunt lămurite pentru cel priceput şi drepte pentru cei ce au aflat ştiinţa (Pilde 8, 9)

Calul și struțul

În vremurile de odinioară, calul și struțul erau buni prieteni. Calul se credea superior prietenului său și îl șicana mereu:

- Hei, uite-te la tine ce picioare subțiri ai! Cu siguranță că ți-ai dori niște picioare mai groase și mai puternice, așa ca ale mele! Mă uit la tine că ai un gât așa de subțire! Sunt convins că ți-ai dori un grumaz puternic, precum al meu. Ce să mai zic de aspectul tău! Uite-te la părul meu, la coama mea, care este ca o podoabă. Dacă mă uit la tine, tu ești aproape chel.

Struțul nu răspundea niciodată la aceste remarci. El învățase să tacă.

Într-o zi, pe când se aflau pe o potecă, la marginea pădurii, s-a luat după ei lupul. Fără să stea prea mult pe gânduri, văzând intenția clară a lupului de a ataca, cei doi au luat-o la fugă. Calul era în frunte și își spunea în sinea lui: „E, he! Pericolul mare nu este la mine. Cât timp o să fiu în față, lupul o să-l atace pe cel din spate. Deci struțul este în pericol, nu eu".

Numai că struţul, fiind din fire mai sprinten, îl întrecu, lăsându-l pe cal cu mult în urmă. Din fericire, lupul a obosit şi el, astfel că a renunţat la urmărire. Cei doi s-au ales cu o sperietură zdravănă, dar au scăpat nevătămaţi. De atunci, calul nu l-a mai criticat vreodată pe struţ, înţelegând că are darul de la Dumnezeu de a fi mai iute decât el. Şi a mai înţeles că mândria şi îngâmfarea puteau să-i aducă sfârşitul.

Dacă vine mândria, va veni şi ocara, iar înţelepciunea este cu cei smeriţi (Pilde 11,2).

Păunul lăudăros, ariciul și curcubeul

De frumusețea și măreția păunului toată lumea se mira. Viețuitoarele pădurii se adunau la început, ca la spectacol, dorind să privească această frumusețe negrăită a păunului. Numai că, frumoasa pasăre a devenit mândră și lăudăroasă. Astfel, cu timpul, animalele și păsările mai mult o ocoleau.

Păunul se tot înfoia prin poieni și spunea: ,,Veniți să mă vedeți! Unde ați mai văzut așa pene? Unde ați mai văzut culorile acestea de argintiu, verde, portocaliu și auriu? Priviți la creasta mea semeață! Oare cine își poate desface coada în evantai, la fel cum fac eu? Ce linii multicolore, ce strălucire!".

Viețuitoarele pădurii nu se mai arătau încântate de păun, în afară de arici, care i-a rămas prieten devotat. Într-o zi, după o ploaie scurtă de vară, ariciul a venit la păun degrabă, spunându-i:

- Vino! Să mergem repede spre marginea pădurii! Acolo se petrece ceva.

Păunul l-a însoțit pe arici și văzu cum în locul acela erau adunate aproape toate animalele pădurii. Acestea priveau cu admirație spre cer.

Deasupra pădurii se arătase în toată splendoarea un curcubeu, iar animalele nu mai văzuseră așa ceva de mult mult timp.

- Uite-te la curcubeu și învață! i-a spus ariciul păunului. Uite acolo culori mai frumoase decât cele din penajul tău. Și ce combinație! Uite acolo strălucire! Și ce linii minunate! Câtă armonie!

Păunul a înţeles atunci, privind şi el spectacolul de pe cer, că numai lipsa de minte l-a făcut să devină un lăudăros fără pereche. De atunci, probabil şi de ruşine, a hotărât să îşi arate penajul desfăcut, acel evantai unic, mai rar, o dată de două ori pe zi, tocmai ca să nu mai pară un aşa mare lăudăros.

Înţelepciunea este mai bună decât pietrele preţioase şi nici lucrurile cele mai preţioase nu au valoarea ei (Pilde 8,11) Agonisirea înţelepciunii întrece cu mult pe aceea a mărgăritarelor (Iov 28,16).

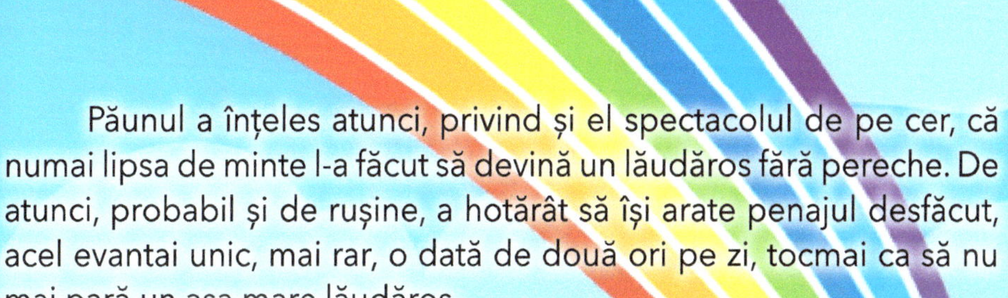

Vulpea hoțomană

     Unui brutar i se făcu milă de vulpea care tot dădea târcoale gospodăriei lui și a hotărât să o hrănească. În fiecare zi, după-amiaza, îi lăsa o bucată mare de pâine și îi punea apă într-un bol, undeva, în afara gardului care delimita acareturile lui. Într-o zi, vulpea simți un miros puternic de pâine caldă. Văzu cum pe poarta brutarului iese un om care conducea o căruță trasă de un cal. Căruța era plină cu marfă, iar peste marfă era trasă o pânză groasă. Își spuse: ,,Aha, de acolo trebuie să vină mirosul acesta îmbietor. Cred că în carul acela este pâine proaspătă. Îmmm…".

     Lacoma a pornit în urmărire și s-a strecurat în căruță, sub acea pânză. Acolo a descoperit pâini calde și niște butoiașe cu apă. Hoțomana a mâncat liniștită două pâini, apoi a desfăcut un butoiaș și a băut apă proaspătă.

     Vulpea și-a spus apoi: ,,O, dar e cea mai bună pâine pe care am mâncat-o în viața mea! Iar apa are gust ca și cum ar fi de izvor".

     Omul acela care conducea carul era, de fapt, fratele brutarului. El a ajuns acasă cu marfa și a observat că cineva i-a făcut pagubă, dar a tăcut.

     Numai că isprava acesta s-a repetat de încă două ori și atunci i-a spus fratelui său:

     - Frate, este ceva în neregulă. Uite, eu plec mereu de la tine cu o sută de pâini, dar ajung acasă cu două lipsă și cu un butoiaș de apă desfăcut. Oare ce se întâmplă? Ai pe aici, pe lângă gospodărie vreun animal, vreo lighioană care s-ar putea urca la mine în căruță?

     Brutarul o bănui pe vulpe și, într-o zi, când fratele său a plecat din nou cu marfă, urmări căruța. Astfel a prins-o pe vulpe asupra faptului:

     - Ce cauți tu aici, nerușinato! Oare nu ți-am adus eu în fiecare zi pâine și apă? întrebă brutarul, mânios din cale afară.

     Vulpea răspunse cu obrăznicie:

- Mi-ai adus, cum nu!? Dar pâinea era din resturile ce rămâneau de la masă şi apa cam stătută.

Brutarul i-a dat vulpii, atunci, două beţe pe spinare şi a alungat-o în pădure. Iată de ce toţi oamenii se feresc de cei vicleni şi de cei care au obiceiul de a fura.

Apa furată e mai plăcută şi pâinea mâncată pe furiş are gust mai bun (Pilde 9,17)

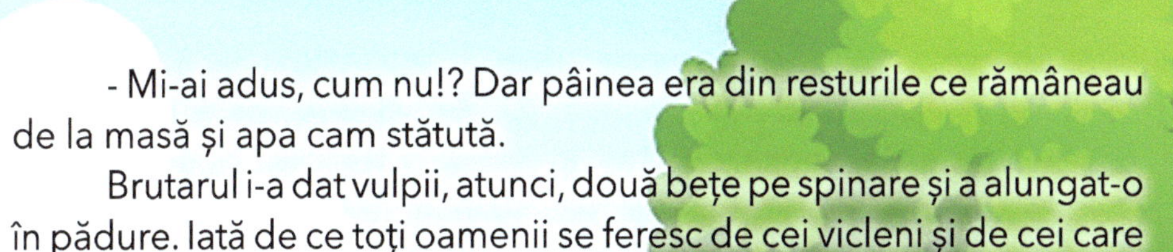

Leul boxer și albina

Într-o zi, pentru că în pădure se cam instaurase plictiseala, leul a amenajat, într-o poiană, un ring de box. Și să te ții distracție!... Broasca țestoasă a boxat cu iepurele. Bursucul l-a provocat pe castor. Vulpea s-a luptat cu lupul și tot așa. Animalele renunțau și la hrană, ca să vadă meciuri de box. Așa de mult erau orbite de pasiune.

Desigur că leul a boxat și el cu animalele mari și le-a învins pe toate. Mai rămăsese totuși meciul meciurilor de jucat, cel dintre leu și urs. Ursul nu prea dorea să urce în ring, știind că leul este foarte agil, dar nu avu încotro. La presiunea celorlalte animale se organiză și lupta dintre cei mai puternici „boxeri".

Animalele s-au strâns toate și au asistat la un meci spectaculos, din care leul a ieșit pentru a nu știu câta oară învingător. A urmat un fel de ceremonie, premierea învingătorului, iar gaița, care avea talente de jurnalist, l-a întrebat pe leu:

- Mărite rege, oare acum, pentru că ne-ai demonstrat încă o dată că meriți să ne conduci, poți să ne spui dacă ți-e frică de cineva sau de ceva din lumea aceasta?

Leul și-a dres glasul un pic și a spus:

- Da! Dacă vreți adevărul, am să vi-l spun. Mă tem grozav de albină. Eram odată într-un desiș și am fost înțepat de o asemenea insectă. M-am trezit cu umflături pe tot corpul, mi s-a umflat tot capul, am crezut atunci că mi-a sosit ceasul sfârșitului. Dar nu numai pentru aceasta mă tem de albină. Voi știați că albina poate să ridice sau să târască după ea o greutate de douăzeci de ori

mai mare decât greutatea proprie? Ori să știți că puterea aceasta nici măcar eu nu o am!

Auzind acestea, mai multe animale s-au gândit să nu mai desconsidere animalele și insectele mici; pentru că toate au rostul lor și rolul lor în natură stabilit cu cea mai mare exactitate de Marele Creator.

Sau mergi la albină și vezi cât e de harnică și ce lucrare iscusită săvârșește. Munca ei o folosesc spre sănătate și regii și oamenii de rând. Ea e iubită și lăudată de toți, deși e slabă în putere, dar e minunată cu iscusința (Pilde 6,8)

Elefănțelul trompetist

Un pui de elefant avea un vis. El ar fi vrut să ajungă cel mai bun trompetist din lume. Părinții lui s-au străduit să-l ajute. Mama-elefant a cumpărat o trompetă din târg, iar tatăl-elefant a făcut rost de o carte cu cântecele pentru acest instrument. Elefănțelul era deja în al nouălea cer și s-a apucat de ,,studiat". Dar, ce să vezi!?... Drăguțul de el scotea niște sunete jalnice, nici vorbă de note muzicale sau de o melodie. Înciudat, elefănțelul a aruncat trompeta cât acolo. Mama sa a venit și l-a întrebat:

- Pentru ce puiul meu ți-ai dorit, cu așa ardoare, să cânți la trompetă?

- Păi, trompeta are așa un sunet plăcut, impetuos, maiestuos… La care mama-elefant îi spuse:

- Dragul meu, păi tu nu știi că nouă ne-a lăsat Creatorul din naștere o trompetă?

Fără să stea prea mult pe gânduri, ea ridică trompa şi trâmbiţă atât de tare, încât se auzi în tot ţinutul. Elefănţelul amuţi pe loc, fiind extrem de uimit. Sunet mai cald, mai frumos şi mai melodios nu auzise în viaţa lui.

Mulţi vor să aibă darul, calităţile şi harul celui care pare mai bun într-un domeniu, uitând astfel de propriile daruri şi haruri, primite din naştere de la Bunul Dumnezeu.

Iar mie să-mi dăruiască Dumnezeu să grăiesc precum gândesc şi să cuget în chip vrednic despre darurile Sale, căci El este povăţuitorul înţelepciunii şi îndreptătorul înţelepţilor (Cartea înţelepciunii lui Solomon 7, 15.

Cuprins

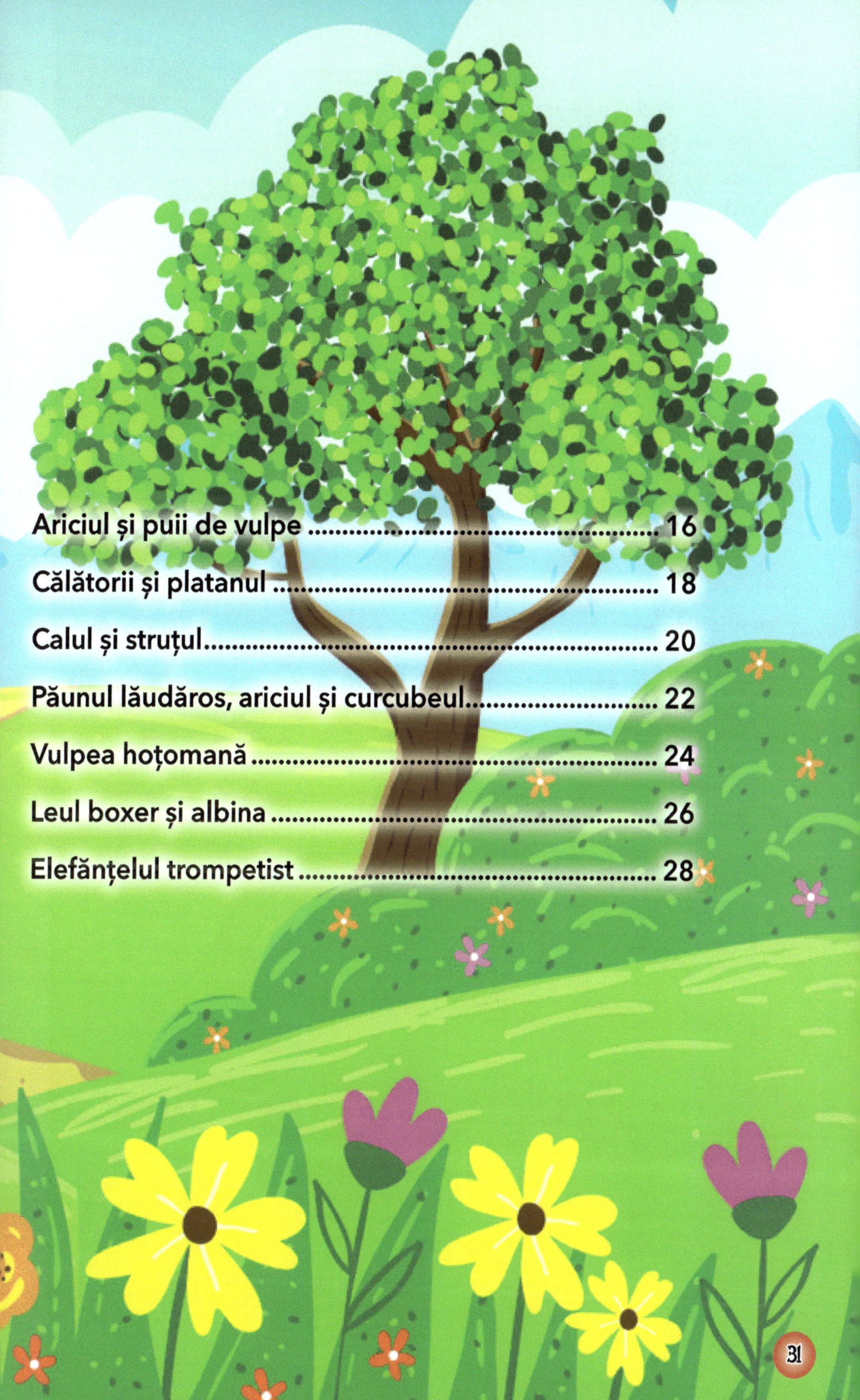

Colectiv redacţional:
Cristian Şerban - autor
Claudia Şerban – corectură text
Prof. Florentina Cristescu – corectură text
Desene interior – @Velika
Copertă – Adrian Barbu

În pregătire:
Măgarul şi leul
şi alte povestiri cu tâlc

Comenzi la:
Tel. 0720068633
claudiaeditura@gmail.com

ISBN 978-606-8629-15-5